W0184504

ENDORMIR L'ORAGE

La rencontre

Dirigée par Anne Bourguignon

La rencontre est une histoire qui nous appartient.

ISSN 2491-8261
EAN 9782363084286
Arléa © janvier 2026

Natacha Wolinski

ENDORMIR L'ORAGE

arléa

16, rue de l'Odéon, 75006 Paris

contact@arlea.fr

www.arlea.fr

Pour Kika et Elsa
Pour Lola, Georgia, Antoine, Lilah et Bianca
Pour Olympe

Personne ne me connaît moi je parle la nuit
Personne ne me connaît moi je parle mon corps
Personne ne me connaît moi je parle la pluie
Personne ne me connaît moi je parle les morts

Alejandra Pizarnik

L'ivoire jauni des
dimanches
blessés
par le mutisme
des absents

Mots à couvert
matinées lentes
les morts,
dans ma poche
aux doigts gourds,
sont mes soleils
pâles

Je tends la joue
à leur frappe tendre,
au lamento des voix
lointaines,
toi qui nous as aimés,
promets-tu
d'élucider nos reflets
sur la vitre du train
rapide ?

Feras-tu le récit
de la traversée inquiète
de l'Europe,
des rites perdus,
des langues oubliées ?

L'huile de ricin
des existences
dépaysées,
sauras-tu l'adoucir ?

Nous
te
laissons
le
soin
de
nous
réinventer

Mère,
par quel mauvais sort
n'as-tu jamais dépassé trente ans ?
des timbres du monde entier
couturent le verre fêlé
des télégrammes ;

les mots de tes amis
pris dans un gel
soudain,
après ton accident
sur une route
dont je ne sais
pas même
si elle était
ombragée
d'ormes
ou
de platanes

Père,
pourquoi étais-tu
si oublieux
de tout ?
tu as oublié
de broyer les os
de tes fantômes

Maïté,
tu étais robuste
comme la chair
du temps,
souveraine
dans le dédale

de ton appartement
aux mille pampilles,
aux vains apparats,
tu vivais dans les couloirs
de ta relégation,
délaissée par ton tyran grec
qui te couvrait
de brillants et de visons
pour te faire oublier
ses fugues

Ta poitrine chaude de grand-mère,
sous la maille tendue des lainages,
me fait à jamais un dôme
et un bouclier

Jacques,
tes colères levantines
réveillaient les vents de sable,
tu m'as appris à lire l'heure
sur une pendule
qui détraquait le temps

Je lisais tes aventures
dans le marc de tes cafés grecs,
tu étais clerc de notaire à Alexandrie,

agent électoral à São Paulo,
acheteur de grains de café au Minas Gerais,
plongeur à Paris,
bonnetier de luxe à Nice,
tu vivais d'infortunes
et de biographies mensongères,
tu venais des misérables confins
de l'Empire ottoman et de l'Épire
mais tu fabulais une naissance à Smyrne
et des manières de prince

Je t'ai vu autrefois
exercer ton magistère
depuis les divans de velours
du grand salon,
tu offrais aux amis
le goutte à goutte
de divins baklavas
à la pistache et au miel,
tu égarais les perles
de tes komboloïs
dans les plis
de tes pyjamas de soie

Allongé et jupitérien,
tu étais malade de sucre
et de chagrin

après l'accident
de Kean

À mon père, tu as dit
j'ai perdu la plus belle de mes filles,
à nous, tes petites-filles,
tu n'as rien dit,
tu es mort de tristesse
en laissant derrière toi
une effusion de vétiver
et des dettes de joueur
de blackjack

Michèle,
Monique,
vos doigts bagués d'or
ont enchanté mon enfance,
je n'oublie pas
la pente douce
de vos nuques
alourdies de chignons

Vous étiez les répliques
fantasques et
imparfaites
de Kean,

les sœurs jumelles
aux chairs impatientes,
les bruines d'alcools
de vos anniversaires,
les drames de vos liaisons,
m'ont appris l'art
de la liesse,
de la feinte et
de la double esquive

Je reste fidèle
à votre serment
de jeunesse,
au trait de khôl
sous le paraphe
de la cigarette

Mes ancêtres
polonais,
grecs,
italiens,
tunisiens,
je vous vole tout,
grands espoirs,
menue monnaie,
appétit féroce

Vous avez rêvé
l'écume féconde
et les rivages hospitaliers,
sur les terres rases
de vos exils
croissent les doigts
de miel et la menthe
poivrée de la Méditerranée

Les ports d'attache et d'arrivée
se confondent dans les récits familiaux,
la Tunisie est une province de la Pologne,
la Grèce est rattachée à la France,
du Brésil me revient une histoire
de pièces d'or perdues,
de Nice les cloches de l'église russe
et le goût des glaces à l'amande

Je voudrais être Cendrars
pour fabuler le poème
de mon lignage et,
sous la dictée du jour,
agrandir le cercle
des liens
indissolubles

Hélène, Véronique, Coco, Riss,
Catherine, Gabrielle, Simon,
Philippe, Cécile, Gérard, Luz,
Sigolène, Marika, Louisa,
Richard, Maisie, Chloé,
vous n'êtes pour moi
d'aucun pays,
d'aucun passé,
mais nous
partageons
désormais
la
même
banquise

Je ne pensais pas avoir une si grande famille

Sourires de nouveaux-nés,
lenteurs de vieillards,
dans votre œil
liquide,
le vin doux
et le crachin

Vous portez
comme un fardeau

et une grâce
la lumière
inquiète
qui sourd
de la perte

Les nuits,
les tranchez-vous
comme moi
à coups de sabre ?

Je dérobe vos herbes étouffées,
vos laines d'automne,
j'attrape vos brisures d'ombres
au revers de vos insomnies

Nous chassons ces ombres
sur le chemin
de l'Île de la Cité,
chaque matin,
affrontés aux mille marches
du Palais de Justice,
cet Etna qui mâche et
remâche les morts,
chaque soir, brebis
hagardes

sous une voûte
de cendres

Économes
de paroles,
nous savons
de quels mensonges
s'accommodent
les vivants,
de quels secrets
sont dépositaires
les disparus

Nos accolades quotidiennes
sont des étreintes d'inconsolés,
des serments pour la vie

Dans le cœur
de chacun,
la même alarme,
si l'un
d'entre nous
fléchit,
tous,
nous
fléchirons

Cette nouvelle famille
a agrandi
le cercle des questions,
que faire de ce 7 janvier 2015,
de ces corps ensanglantés
dont je fuis les visages ?
que faire de mon père à terre,
et de sa mort qui chemine en moi ?
à qui dédier cette catastrophe ?
aux vivants ?
aux disparus ?
qui peut être le dépositaire
d'une telle déflagration ?

Nous devons vivre
avec nos terreurs
et nos amnésies,
lutter contre
la haute solitude
et l'épuisement à dire

À nous tous,
nous formons un
solide cratère,
nous faisons
cercle autour,
depuis les bords,

nous contemplons
le gouffre

Le jour ne filtre pas
dans la salle d'audience,
mon corps
encore pesant de nuit
ploie sous
le grésil des néons

Le temps lève
des ombres
géantes
sur le papier
buvard
des heures
qui absorbe
le cours
des vies
déviées

Raidie sur le banc de bois,
toujours le même,
le cinquième
à droite
près du mur,

je
suis
couleur
de
pierre

Penché sur son coran, l'accusé
bouge des lèvres de granit,
ai-je vu son visage de face ?
son profil seul me reste,
infigurable

Nos paroles
n'entament pas
ses brisants,
nos implorations
ne produisent
pas d'écho

Les récits
se contredisent,
qui dit vrai,
qui ment,
qui se souvient,
qui accuse,
qui pleure

Des heures à écouter
la cadence des avocats,
l'ostinato des procureurs,
je ne comprends pas tout,
je prends des notes,
je m'assoupis parfois,
et pourtant,
c'est de ma vie que l'on parle,
de la vie de mon père,
de mes sœurs,
de la vie de nos enfants,
de nos descendants,
ils ne sauront plus
pourquoi leur aïeul est mort
mais ils porteront le
fardeau de l'Histoire

Je sors grandie
de ce prétoire,
la voix de l'accusé compte
autant que la nôtre,
même s'il en use peu

Chaque jour, il augmente
ses silences
depuis l'isolement
de sa paroi de verre

Nous formons un chœur
d'agneaux sans litières,
une chorale de loups ensanglantés,
nous frottons nos fourrures
d'animaux blessés,
nous reconnaissons dans
l'enfer de l'autre
notre propre enfer,
nous sommes tantôt lièvres
et tantôt crabes,
nous
en
disons
trop
ou
pas
assez

Même l'accusé dans son box,
avec sa tête d'accusé,
avec sa morgue d'accusé,
avec sa solitude d'accusé,
avec son incapacité à croiser
le regard de ses victimes,
avec son refus de
contempler ses crimes,
l'accusé est des nôtres

Ce « nous »
que je vis à respirer
dans la même salle que lui,
à décompter les mêmes heures,
les mêmes minutes que lui,
j'ignore ce que c'est,
nous et lui ?
moi et lui ?

Je ne suis pas victime,
pas davantage juge,
j'avance sans haine,
sans méthode
et sans explication,
je viens chercher réconfort
auprès de la langue de la justice
auprès des mots de la République,
mais je m'égare
dans leur clarté de métal,
que puis-je ajouter
ou retrancher,
moi qui appelle
le chant fragile,
la polyphonie des voix
de roches et de galets
frottées d'arc-en-ciel

Je n'écrirai pas le nom de l'accusé,
né d'une mère tunisienne,
grandi aux Buttes-Chaumont,
familier des pentes raides
et des pavés de la rue de Mouzaïa,
parisien,
plus parisien que mon père
né et élevé à Tunis

Mon grand-père Siegfried
exilé de Pologne
forgeait les balustrades
des terrasses de Sidi Bou Saïd,
ma grand-mère Lola
réglait l'horloge des samedis
sur les effluves d'un couscous
attendri de pois chiches
et de pommes de terre

Que sait-il, l'accusé,
de ce passé tunisien de ma famille,
des jeux anciens de mon père
sous les citronniers de la Marsa ?

Ni la pluie ni le vent,
encore moins les larmes,

ne parviennent à fléchir
la lente corrosion
des jours
d'amertume
et de colère

Nous ne sommes qu'attente,
de quoi ?
certains le savent,
d'autres pas,
d'un aveu ?
d'un remords ?
d'une buée dans les yeux ?

Depuis sa butée de silex
l'accusé découpe l'air
et confisque l'espace,
le rébus de mes pensées,
il voudrait le confisquer aussi,
mais nul ne peut m'encorder
car mes pensées sont des osselets
que je lance et rattrape
avec agilité

Aucun souffle mauvais ne me jettera à terre

Il me revient
de mettre en balance
mes soulèvements
et mes désenchantements

Jour après jour, Paris
déplie des mètres-rubans
de gelée tiède, mon vélo
brasse l'eau blette
des caniveaux et l'avers
des premières feuilles
d'automne

Je glisse
sous le gris sec des toits,
aucun procès,
aucune condamnation
ne me donneront
la clef
des rues
à sens unique
et des mondes
incléments
qui sont devenus
mon monde

Où étais-je le jour d'avant ?
à quoi ressemblait Paris
le 6 janvier 2015 ?

Les cimetières étaient
de simples jardins de pierre,
je ne guettais pas les hélicoptères
dans le ciel, je ne suivais pas
la trajectoire hystérique
des fourgons, je ne frissonnais pas
au premier croassement

L'air était vif et aventureux,
je dévalais la pente des jours,
je récoltais les herbes fraîches et
le piment doux des saisons,
indifférente
à ce qui
n'était
pas
ma
tribu,
égoïste,
sans
méchanceté
aucune

J'ai changé de camp,
je partage désormais
la langue commune
des boiteux

Je suis plus fragile qu'un papyrus
et plus dure qu'un frêne,
tout me consume et rien
ne m'abat,
je suis le chiendent
aux racines solides
par vent violent

J'ai appris à
désherber
les tombes

Le marbre ingrat
des testaments,
je sais le déchiffrer

Les mots prononcés au tribunal
luisent comme des écailles
de poissons morts,
nul ne sait s'ils sont

poison
ou
antidote

Les silences
givrent les terminaisons
nerveuses de nos pensées,
la laque de nos ongles

J'entends les murmures
à cloche-pied de Coco,
sa voix ténue,
ses nuées ardentes

J'entends Gabrielle,
hantée depuis dix ans
par la trajectoire
de la balle
qui a fracassé
le visage de son père

J'entends Cécile
qui s'est enfuie
de la salle-tombeau
et a survécu

J'entends le hoquet
de mon père
qui ne comprend pas,
je le vois,
indécis,
un millième
de seconde
avant
les balles

Son visage amaigri
en lisière du drap blanc,
comment ont fait les autres
pour supporter
toute cette blancheur ?

Nous n'en parlons
jamais
des regards
des aimés
que
nous
ne
croiserons
plus

Chaque fois
que je traverse
le pont d'Austerlitz,
chaque fois
que je repasse
devant la proue
du bâtiment de briques,
me revient
le visage crayeux
de mon père
derrière la vitre

Que faire
de cette vitre
qui s'est glissée
entre moi
et le monde,
de ces paupières closes
qui me rejettent
dans l'oubli ?

Qui oublie qui ?

J'entends la douleur
d'Hélène, fille d'Honoré,
de Gabrielle, fille de Bernard

de Louisa, fille de Mustapha,
leurs mots me semblent
si justes, si limpides,
je cherche les miens,
je suis l'empêchée

Je n'ai déposé
ni ma peine
ni ma révolte,
mes sœurs non plus,
nous n'avons pas témoigné,
nous sommes les empêchées

Nous écoutons sidérées
le chant des morts,
il transforme
le tribunal
en espace sacré

Je tremble de ce que j'entends,
de ce qu'elles livrent
et de ce qu'elles taisent,
chacun de leurs mots est
un déchirement
et un baume

Hélène, Gabrielle, Louisa,
vous avez conjugué
une grammaire de
l'amour fou
pour le père,
pour tous les pères

Et moi
qui n'ai toujours pas
les mots pour dire
cet amour fou,
et cette quête
inapaisée
du lien réciproque,
car mon père
est l'homme
des déserts
et des traces
qui s'effacent

À les écouter chanter,
à égal diapason,
les louanges du père,
j'ai vérifié la pauvre ossature
de mon livre de chœur,
le fracas de mes fausses notes

Je lui dois cette fureur
et cette prière d'amour
qui sont ma faille
et mon intensité

En l'assassinant,
ont-ils tué aussi
ses silences et
le rêve que j'avais
de l'en délivrer ?

Ce que nous nous sommes dit,
ce que nous avons tu,
ces silences de fonds marins,
ces particules fines de tendresse
qui brumisaient nos regards,
ces sourires, ces derniers
sourires tristes,
les arpèges de pluie,
les orages endormis

Nous cherchons notre poème souterrain,
nous l'avons toujours cherché

Notre dernière rencontre
se tiendra-t-elle au tribunal,
sous le joug de la parole publique ?

Les mots seront-ils confisqués
par mieux disant que nous ?

Ne pas lire les journaux,
ne pas regarder la télévision,
ne pas écouter les plaidoiries

Accueillir le vent du sud
qui réchauffe l'éperon
noir de tes nuits

Je raviverai,
pour la première,
pour la dernière fois,
ton effroi dans la chambre d'hôpital
où ta jeune épouse se mourait,
tes mains sur son thorax brisé,
nos mains désolées
sur ta joue

Je dirai ton enfance sans enfance,
la disparition de ton père,
un jour d'octobre 1936,
son assassinat relaté
dans les journaux tunisiens,
comme le tien
dans la presse française,
tes récits confus,
tes ensommeillements,
et ce talisman – l'unique dessin
que tu possédais de Siegfried

J'ai hérité du dessin à l'encre
de ce grand-père nomade,
réchappé des pogroms
et de la voïvodie de Łódź

À l'autre bout de l'Europe,
loin des sirops de cannelle
de mon grand-père grec,
Siegfried a fantasmé lui aussi
les promesses de l'exil

Comme lui, il a étreint
le corps élastique de la terre,
il a tourné le dos au shtetl polonais,

enfoui son jeune âge
dans les mines de sel de Bavière,
navigué sur des frégates russes,
accosté des ports hostiles,
trouvé ancrage à Tunis
dans les yeux d'une brunette

Il a rompu la malédiction du juif errant,
gagné prestige et ascendant,
trop sans doute puisque trois balles
d'un apprenti mécontent
ont ensanglanté son torse
et endeuillé ma grand-mère

Tu lui ressembles sur les photos

As-tu gardé souvenirs
de la pelisse de cuir
qu'il portait aux terrasses
des cafés de Sidi Bou Saïd
en lisant l'*Odyssée* ?

Tu l'as à peine connu
mais tu pouvais nommer
chacun de ses neuf frères et sœurs

qui l'avaient suivi dans son exil,
ils formaient une tribu étrange
de silhouettes embarrassées et
de regards maussades,
pris au miroir
d'un soleil à l'éclat
insupportable

Tu te trompais chaque fois
sur le décompte de ces tantes
et de ces oncles slaves
aux yeux clairs,
aux accents d'ailleurs,
car la dérive des peuples,
des continents et des naturalisations
transformait Siegfried en Mendel,
Herszel en Herman, Estera en Stella,
Hinda en Hella, Bolek en Wolf,
Rebeka en Régine, Wigdor en Witek,
Berek en Bernard…

Nous avons hérité
de tes dessins,
tes géographies familières,
chaque jour, nous devons
dialoguer avec tes doubles
de papier

Ton père t'a-t-il dessiné
avant que tu le perdes à l'âge
des premiers pas,
des premiers mots ?
de quelle mémoire as-tu hérité ?
de quels oublis ?

Tu nous as tant dessinées
et pourtant, tu n'as rien laissé,
du fronton de ton testament
nous étions tes trois filles effacées,
nos noms absents criaient
leur absence sur le papier

Quel père ne laisse rien
à ses enfants ?

De quel néant
et de quels abandons
viens-tu pour te soucier si peu
d'apposer un blason d'amour
sur les braises de tes filles ?

Tu t'es affranchi du père manquant,
tu t'es allégé de l'épouse perdue,

tu as ignoré ton enfance déracinée,
tu as négligé tes aïeuls dispersés,
tu as creusé des trous de mémoire
et tu nous as précipitées dedans

J'attendais
que tu ranimes
ces absents
dissimulés
dans les replis
de mon enfance,
mais tu vivais
dans le hors-temps
de tes dessins,
tes horizons
dépeuplés
n'appelaient
aucun feu de joie

J'ai perdu un père,
j'ai perdu les fines arêtes
de ses silences,
mais plus encore,
j'ai perdu
le fondement,
la trajectoire

Je roule à pleine vitesse,
je regarde devant et derrière,
à gauche et à droite,
je lis l'oracle du jour
dans les eaux brouillées
de la Seine
avant d'abandonner
tout espoir
sous la voute
pétrifiée
du Palais de Justice

Je pensais habiter
un monde commun
mais je ne suis
qu'une moucheture
sur le pare-brise fêlé
de l'Europe,
j'approche des mondes-trappes,
j'entends d'infinies noirceurs
qui transissent mon âme

Plus je cherche
le sens de ces haines
et plus le sens se dérobe,
mais dans la quête
obstinée

d'une ligne de vie
ni trop droite,
ni trop courbe,
j'avance sans
le tranchant
des certitudes

J'ignore où tu es
mais tu n'es pas dans cette
salle des âmes perdues

J'apprends
à me séparer de toi,
de mes aimés
dont je n'ai jamais
accepté la mort,
confrontée au mystère
de leurs disparitions
soudaines

Je vis hantée
par le pressentiment
de la perte
et la crainte
de l'oubli

Viendras-tu en rêve me chercher ?

Mes demeures s'enténèbrent,
mes derniers aimés partent
en lambeaux, en lenteurs,
j'ai mille nouvelles vies
depuis qu'ils me laissent
le temps d'apprivoiser
leur disparition

Je m'attache à leurs ultimes râles,
je regarde leurs lèvres pâlir,
je masse leurs bras qui bleuissent,
j'accouche leurs phrases
qui perdent chaque jour
une maille de plus,
je coupe leurs ongles fossiles,
je referme les caveaux des morts subites,
j'anticipe les départs inévitables

Ils ont blanchi
le visage de mon père,
ils ont mis du rose
aux joues de Monique
et du vermillon
aux lèvres de Maïté

Que mettront-ils sur mes lèvres ?

Je bois aux sources
de tous ces êtres
que j'ai adorés,
ils
partent
et
ne
me
quittent
pas

Ils me laissent prendre
la forme du monde et du bois flotté,
je joue au mikado avec les pierres coupantes,
je bats la mesure des langues étrangères,
j'éclaire le fonds des cavernes,
je bois le thé aux replis herbeux,
je sonne le rappel des poèmes
d'orties et de fougères,
je donne crédit aux serments,
même quand ils se délient

J'oublie peu à peu
les gestes lents de mon père,

mes solitudes d'enfant
emmaillotée de sommeil,
dormant contre son flanc
arrondi de tendresse,
je conserve faiblement
le souvenir de son souffle,
il s'éclipse
et me revient
autrement

Dans l'enclos du tribunal,
je me trouve soudain
à l'embouchure
de si nombreuses rivières,
tous les êtres qui l'ont côtoyé
et aimé,
parlent de lui
avec des mots
si doux

Cela me semble si beau, si étrange,
il n'est plus à moi,
il n'est plus à mes sœurs,
il est à tous,
à personne,
à ses amis,
ils ont libéré

des insouciances,
des étincelles
et des rires d'ogre
que je n'ai pas connus

Et lui, qu'a-t-il connu de
l'enfant aux bras ronds qui
formaient autour de son cou
un collier de dévotion ?
qu'a-t-il compris de la gamine
aux clartés de pleine lune
pour qui il était à la fois
le père et la mère,
la ressource et le manque ?

Ai-je changé depuis qu'il est parti ?
suis-je son prolongement
ou sa réfutation ?

Je vérifie
l'humanité brouillonne
suspendue
au noir crochet
de son feutre,
j'étreins pareillement
les forts et les éclopés,

le centre et la marge,
la violence du jour et
celle de la nuit,
la grande brassée des corps,
ni beaux ni laids,
pleins d'une vie
passée et à venir,
ce terreau fertile
des *frères humains*
que je laboure aujourd'hui
après l'avoir tant ignoré

Le monde désapprend
ses points cardinaux,
mais tes dessins
de liqueurs fortes
et de pointes de feu
enjambent
les champs
de désolation
et dissipent
les bourrasques
mélancoliques

Cuba, Rome, Moscou,
Phnom Penh, Tachkent,
Madrid, Tokyo, Mexico,

je rejoins les lointains
de tes carnets de voyage,
je change de courants,
d'aubes et de felouques

Personne n'effacera
la rondeur aimante
de ton trait,
personne n'ajoutera
de volcans aux vallées,
d'horloges aux saisons,
de numéros impairs
aux années de grâce

Il m'appartient de remettre
de l'encre dans tes cartouches,
les promesses du présent,
je les tiendrai
en donnant la main
à tous mes aimés

Est-il venu le temps
du réveil,
des notes longues
et des musiques à vent ?

Je donne la main à mon Sphynx de père
exécuté derrière les vitres
d'un immeuble si tristement laid,
mort entouré de ses amis,
mort dans le sanctuaire laïque
d'un journal
où l'on faisait profession
de rire
et de moquer
sans esprit de menace,
mort à la tâche et
mort au combat,
dessins, feutres, crayons et
corps précipités à terre,
mort pour que s'éveille en moi
le désir de vivre et
d'en découdre

Je donne la main à mes sœurs
qui ne parlent pas ma langue
mais qui savent comme moi
le givre sur les bouches closes
et la froideur des champs de lave

Je donne la main
à mes reines de Saba
sans lesquelles

je
ne
serais
pas
qui
je
suis

Maïté,
ma citadelle,
tu réchauffais
le glacier de nos nuits
et pleurais en cachette
ta fille défunte

Ma déesse aux mille bouches,
je ne t'ai pas reconnue
à mon retour d'Afrique,
si menue
aux premiers
tourments de l'âge,
froissée
comme
du
calque

Kean,
ma revenante,
mille fois réinventée,
sans jamais connaître
ni tes ferveurs,
ni tes impatiences,
il t'a dessinée
au jour de ta mort
dans ton lit d'hôpital,
il était incrédule
devant ton visage fantôme,
aussi incrédule que moi
lorsque je l'ai visité
à la morgue

Michèle et Monique,
mes prodigues,
votre gaieté réfutait
les mauvais présages,
vous m'avez légué
vos amours tardives et
vos intransigeances,
je souffle sur l'Orient
de vos colliers de perles
qui sont autant de petites
clartés pour remonter le temps

Je donne la main
à mes aînés polonais
qui ont propagé
aux quatre coins du monde
leurs amulettes d'ambre,
à mes aïeuls grecs
dont j'ignore les noms
car leurs traces se perdent
entre Ioánnina et Auschwitz

Je donne la main aux Italiens
qui ont fait le voyage d'Espagne,
aux Tunisiens qui rêvaient de France,
à tous les chats maigres de mon passé,
vous êtes ma porte dérobée,
vos incartades, vos turbulences,
le tohu-bohu et la fertilité
de vos destins sont ma réplique
à toutes les scléroses,
vous m'avez appris
la réinvention des jours,
les divagations de la langue
et la contredanse

Je porte sur le front
vos croissants de lune
qui me rappellent

au partage
du temps et de l'air

Je donne la main à Simon,
fauché rue Nicolas Appert,
revenu, revenant,
qui a tant lutté
pour comprendre
ce qui lui était arrivé
le 7 janvier 2015,
ce qui nous était
à tous arrivé

Simon,
le feu follet aux yeux
d'oiseau vivace,
le dernier, le premier
de ma nouvelle fratrie,
glorieux jusque dans les
épuisements de son corps brisé
qui lui ouvrait une voie
royale et chaotique

Pour expliquer les mille et une
souffrances de son corps,
de sa moelle épinière comprimée,

Simon cherchait un sens
là où il n'y en avait pas,
il se perdait dans le labyrinthe
de ses pensées,
trouvait des raccourcis,
ajoutait de la clarté à la clarté,
de la noirceur à la noirceur,
restait debout, sentinelle
sans autre arme que
son intelligence
et son humour

Simon,
je ne sais pas où te placer
sur l'échiquier de ma tendresse
mais ta mort
m'a semblée plus injuste
que toutes les autres

Je donne enfin la main
à l'enfant que j'ai été,
elle se confond
avec ces lointains
dont je redoute
l'effacement,
je perds
et retrouve sa trace

sur le chemin d'épines
de la Garoupe,
dans les forêts de pins couchés
des îles grecques,
dans les humeurs sombres
des nuits sans lune
et dans le ciel
aux deux soleils,
j'offre à l'enfant
que je fus
un bandeau de pirate
pour farder les jours
de couleurs labiles
et invincibles,
je la dote d'une langue mère
pour lécher ses plaies,
laper l'eau-de-vie
des beaux lendemains
et ne reconnaître
pour hymne
que le chant
du merle moqueur

Remerciements

Je remercie

Philippe Séclier d'être infiniment présent à mes côtés

Christine Coste, Philippe Bordas et Valérie Fadini de savoir lire entre les lignes

De la même autrice

Son éclat seul me reste, Arléa, 2020

En ton absence, Grasset, 2011

Collection
La rencontre

Serge Airoldi,
Motifs andalous, 2025
Rose Hanoï. Rencontres avec la couleur, 2017
(prix Henri de Régnier de l'Académie française 2017)

Corinne Atlan, *Haïkus de Kyoto. Sous les fleurs d'un monde flottant*, 2025

Nathalie Azoulai, Serge Toubiana, *Ozu et nous*, 2021

Jean-Christophe Bailly, *Café Neon, Chemins grecs*, 2021 ; Arléa-Poche, 2022

Dominique Barbéris, *Un dimanche à Ville-d'Avray*, 2019 (deuxième sélection du prix Goncourt 2019 ; finaliste du prix Femina 2019)

Élisabeth Barillé, *Les Sœurs et autres espèces du vivant*, 2024 (finaliste du prix Renaudot 2024 ; première sélection du prix Jean Freustié et du prix Jean d'Ormesson 2025)

Olivier Baumont,
Tombeau du jeune monsieur de Cinq-Mars, 2021

Antoine Billot, *L'Année prochaine à New York. Dylan avant Dylan*, 2017

Philippe Bonilo, *Pauline ou l'enfance*, 2024 (finaliste du prix des lecteurs de Notre Temps et du prix Terre de France 2024)

Sally Bonn, *Écrire, écrire, écrire*, 2022

Philippe Bonnin,
Katsura et ses jardins. Un mythe de l'architecture japonaise, 2019
(prix P. J. Redouté 2021 ; prix René Pechère 2020) ;
Éloge d'un jardin japonais, Arléa-Poche, 2023

Véronique Bruez, *Ici habite le bonheur*, 2022
(finaliste du prix Jean-René Huguenin 2022)

Benoît Casas, *Venise toute*, 2022

Muriel Claude, *Conversations de la porte*, 2025

Thierry Clermont, *La Balade de Galway*, 2021

Collectif, *La littérature est une rencontre*, 2016

Bernadette Costa-Prades,
Le Dernier Été d'Anna Magnani, 2025

Michel Crépu,
Only rock and roll. Avec les Rolling Stones, 2022
(finaliste du Prix Littéraire livres & musiques 2023)
Beckett, 27 juillet 1982, 11 h 30, 2019

Norbert Czarny, *Mains, fils, ciseaux*, 2023
(sélection du prix Alain Spiess du deuxième roman 2023)

Christian Doumet, *L'Évanouissement du témoin*, 2019

Hervé Dumez, *Incertain Paul Valéry*, 2016

Nadine Eghels, *Avec Paul*, 2023
(sélection du Grand Prix de l'Académie royale de Belgique ; du prix de l'Académie d'Architecture ; du prix du Cabri d'Or 2023)

Christophe Etemadzadeh, *La Vie sans savoir*, 2021
(prix Khôra-Institut de France de l'essai littéraire 2021 ; finaliste du prix Jean-Jacques Rousseau 2021)

Dominique Fabre, *La jeunesse est un cœur qui bat*, 2026

Jean-Pierre Ferrini, *Un passage*, 2024

Élisabeth Foch-Eyssette,
On ne peut pas toujours voyager mais on ne peut pas toujours rester au même endroit, 2018 ;
Éloge des voyages et du repos, Arléa-Poche, 2021

Fabrice Gaignault, *Un livre*, 2025
(sélection du prix Renaudot essai 2025)

Sophie Gallé-Soas,
L'Homme au corbeau. Masahisa Fukase, 2024
(sélection du prix de l'Atelier 2025)

Michèle Gazier, *Une vie pleine de livres et d'amitié*, 2025

Francis Grembert,
Les Deux Tilleuls, 2025
(prix du Livre court, prix Cazes de la brasserie Lipp et prix Maurice-Genevoix 2025 ; finaliste du Grand Prix de la SGDL et du prix Marcel Pagnol 2025)

Éloge de l'alouette, 2023
(première sélection du prix Renaudot essai 2023 ;
finaliste du prix 30 Millions d'Amis
et du prix Khôra-Institut de France 2023)

Philippe Herbet, *Fils de prolétaire*, 2022

Vincent Hein, *La Disparition de Jim Thompson*, 2021 ;
Arléa-Poche, 2023
(prix Pierre Mac Orlan 2022 ;
deuxième sélection du Femina 2021)

Cécile A. Holdban, *Premières à éclairer la nuit*, 2024
(finaliste du prix Pandore-Maison de Colette
et du prix Khôra-Institut de France 2024)

Sébastien Labrusse, *Vers Philippe Jaccottet. Conversation sur la peinture*, 2025

Stéphane Lambert,
Fabienne Verdier, les formes de l'invisible, 2025
Vincent Van Gogh, l'éternel dans l'éphémère, 2023
L'Apocalypse heureuse, 2022
(prix Victor Rossel 2022 ; finaliste du Grand Prix de la SGDL ; du prix Jean-Jacques Rousseau ; du Grand Prix de l'Académie royale de Belgique 2022)
Paul Klee jusqu'au fond de l'avenir, 2021 ; Arléa-Poche, 2023
Visions de Goya. L'éclat dans le désastre, 2019 ; Arléa-Poche, 2022
(prix André Malraux 2019)
Fraternelle Mélancolie. Melville et Hawthorne, 2018
Avant Godot, 2016 ; Arléa-Poche, 2023
(prix Roland de Jouvenel de l'Académie française 2017)

Yannick Le Marec,
Le Grand Pillage, 2022
Constellation du tigre, 2021
(sélection du prix 30 Millions d'Amis 2021)

Thierry Le Rolland, *Les Papillons de Nabokov, le boomerang de Gracq*, 2021

Yann Liotard, *Juste le temps de vivre*, 2024
(finaliste du prix des Hussards et du prix Exbrayat 2024)

Gérard Macé, *Le Navire Arthur et autres essais*, 2020.

Brice Matthieussent,
Amérique fantôme, 2021
Les Jours noirs, 2019

Arielle Meyer MacLeod,
Vues d'intérieur après destruction, 2024
(finaliste du prix France-Liban et du prix Méditerrannée 2024)

Akira Mizubayashi, *Dans les eaux profondes. Le bain japonais*, 2018 ; Arléa-Poche, 2021

Sébastien Ortiz, *Dans un temple Zen, Rencontre avec Guillaume Apollinaire*, 2017

Benjamin Pelletier, *Les Années discrètes. Territoires de l'enfance*, 2018
(sélection du prix Marcel Pagnol 2018)

Marc Petitjean,
L'Ami japonais. Kunihiko Moriguchi, Trésor vivant et peintre de kimonos, 2020

Le Cœur. Frida Kahlo à Paris, 2018 ; Arléa-Poche, 2022

Mathieu Pieyre, *Le Professeur d'anglais*, 2022
(prix Alain-Fournier 2023 ; finaliste du Grand Prix de la SGDL ; du « Coup de Cœur des Lycéens » de la Fondation Prince Pierre de Monaco ; du prix des lecteurs de Notre Temps 2023 ; du prix Lions Club 2024)

Olivier Rasimi,
Lever de rideau, 2024

Bébé, 2021
(première sélection du prix Renaudot essai 2021)

Cocteau sur le rivage, 2019

Martine Reid,
Voir rouge. Hommage à Jaune Quick-to-See Smith, 2025

Ravissement. Le Caravage, 2023

Ludivine Ribeiro, *Ma mère en toutes choses*, 2023
(finaliste du prix de la ville de Carouge 2024)

Patrick Roegiers, *Éloge du génie. Vilhelm Hammershøi, Glenn Gould, Thomas Bernhard*, 2019

Gemma Salem, *Où sont ceux que ton cœur aime*, 2019

Jean-Jacques Salgon, *Des graffs dans la nuit. De la grotte Chauvet à Judit Reigl*, 2021

Olivier Schefer,
L'Atelier secret d'Olivier Debré, 2024
Un saut dans la nuit, 2021
(prix Cesson 2022)
Conversations silencieuses. 2019
Une tache d'encre, 2017
Un seul souvenir, 2016

Bruno Smolarz,
Giorgio Morandi, les jours et les heures, 2016

Laurent Sorcelle, Youssef Tawk,
L'homme qui plantait des cèdres, 2024

Nicolas de Staël, *Le Voyage au Maroc*, 2023

Brina Svit, *Le Dieu des obstacles*, 2021

Gilles A. Tiberghien, *Aux frontières du rêve*, 2023

Serge Toubiana, *Le Fils de la maîtresse*, 2022
(prix Marcel Pagnol 2022)

Fabienne Verstraeten, *V ou la mélancolie*, 2023
(sélection du prix Jean-Jacques Rousseau 2024)

Luc Vezin, *La Vie sans histoire de James Castle*, 2022 ; Arléa-Poche, 2023
(finaliste du prix Roman-News Publicis Drugstore ; du prix des lecteurs de Notre Temps ; du prix de l'Atelier ; du prix André Malraux 2023)

François Warin, *Au commencement la beauté*, 2020

Natacha Wolinski, *Son éclat seul me reste*, 2020

ACHEVÉ D'IMPRIMER
EN NOVEMBRE 2025
AVEC GEORGES WOLINSKI
SUR LES PRESSES DE
CORLET IMPRIMEUR
À CONDÉ-SUR-NOIREAU
CALVADOS

PEFC
10-31-1510
Certifié PEFC
Ce produit est issu de forêts gérées durablement et de sources contrôlées
www.pefc-france.org

IMPRIM'VERT®

Numéro d'édition : 1429
Numéro d'impression : 25110264
Dépôt légal : janvier 2026
Imprimé en France